KB141059

新鐫參訂本草圖

# 解放記念詩集

中央文化協會

蕭
潊
肅
寺

# 序

平和로운 時代에 있어서 詩人의 存在는 가장빗싼文化의 裝飾일수도있는것이다。그

러나 그詩人이 處하여잇는 國家가悲運에빠젓거나 統一을。일헛거나하는때에

있어서 詩人은그빗싼 文化의裝飾에서며나 或은豫言者로 또는民族魂을 불러이

르키는 先驅者的地位에 노혀질수도 잇는것이다 그러므로政府도 軍隊도 가지

지못하고 帝政露西亞의 苛酷한彈壓下에잇던 波蘭人에게는 詩人의存在가 오직

國民의再生을 豫言하며 屈辱된精神生活을 激勵하는 크나큰祝禱를 드리는豫言

者로새각되엿스며 아직도 統一된國家를 가지지못하고 離散되여잇는 伊太利사

람들에게 詩聖「딴테」는 오로지「唯一한伊太利」로 崇慕되여왓섯고 第一次大

戰時 獨逸軍의 殘酷한壓制下에있엇든 白耳義人에게있어서 詩人「베르아ー랭」은

祖國의一神靈으로 推仰되엿섯다。

우리가 過去四十年間 日本帝國主義의彈壓미테서 人類가 正當히가질수잇는

모든 自由와 意慾과 思索과 行動을, 餘地없이 剝奪當하고 잇는中에서도 오히려

우리의 詩歌는 文學의 다른어느部類에서보다도 훨신 生氣를 띄고 燦爛하야 藝

術의아름다운境地를 지켜왓을뿐아니라 우리 民族의 아름다운言語를 豊饒하게

하는 노픈文化의生産者이기도 하엿섯다。그러나 太平洋戰爭이 일어나기 一二

年前부터 저들은 民族文化抹殺의 最惡한行動을 展開시키기에 死力을 다하야 朝

鮮文學全滅運動으로 나와스니 言論機關은 閉鎖當하고 한글運動을 彈壓하고 드

되여는 創氏制度라는 人類歷史에없는 野蠻政策을 베푸러써까지 朝鮮民族의文化를

업새바리랴고드럿든것이엿다、이리하야 모든詩人의 붓은 꺽기여지고 아니불

타는正義의民族愛의詩魂은 저들의 칼끝밑에서 咀呪받고 切斷되어바렷고 오직

一部에 反動的인文學만이 不可抗力이라기보담 錯覺된意識顚倒의民族的不幸의事

實을演出시킴에 끈치고말엇다。

그러나 八月十五日에 이르기까지의 約五年間의 混亂期와 反動期에있어서

詩人들은 오로지 沈默함으로써 雄辯以上으로 우리의詩歌와 民族의精神을 지켜온 榮光의戰士엿다 이제 우리의 모든 感情과 知慧와 心魂은 해방되엿다 閉鎖되엿든 詩의殿堂의鐵扉는 一擊에 깨트려지고마럿다○ 우리의말이 洪水처럼 밀려저나오고 우리의想感이 潮水처럼 부프러오르는자리에서 詩人의가슴은 미여지는듯 터지는듯한 興奮속에휩싸여젓다. 그리하야 四十年間저들이 우리에게 抑壓은 善政이라고 가르켯스며 掠奪은 美德으로 꾸며냇스며 應徵은 忠節이라고 깨우치랴들든 그奈落의烙刑을 잊어바릴지경이엿다 이제 우리들은아름답지못한 過去를불질러바리고 우리血管속으로 흘러들든 그不純한피의原素를 모조리 씨서낸다음 우리의心鏡은 一點의흐림도없이 再生하는 祖國의 光復만을 빛우어볼것이아닌가? 波蘭의 모든詩人처럼 「딴테」나 「뻬르아—랑」과같이 우리의眞正한詩魂으로하여곰 解放의歷史우에 빛나는 詩의記念塔을 세워야하고 唯一한 豫言者나 神靈처럼 崇仰되여야할 이땅의詩人들이 아닌가?

이제 本協會는 우리詩壇에서 囑望받는 詩人여러분의 玉稿를 모와 建設途

程의새로운詩歌의 한指標를 삼고저하거니와 우리는 금마나로말미아마 모든通

信과連絡의 不自由를 가졌고 또 建國鴻業에 多忙한關係도있어 더많은作品을 求

하지못했음을 遺憾으로 생각하나 우리는 다시 第二 第三의詩集을準備하겟스

므로 于先이만한저이라도 所重히 엮어내는데 우리의責務가 있음을 切感하는

바이다 더욱 이詩集을 위하야 여러先輩께서 特別寄稿해주신것은 解放의盛典

에한異彩를 더한것으로 깊이感謝하는바이다 바라건대 이한卷이 널리 우리詩

歌의傳統과生命은 傳해주는 가장 貴한 메디엄이되여진다면 이에서 더한기쁨

이없을가한다

끝으로 이詩集의 上梓에 있어져 最大의努力을 애끼지않은 平和堂印刷部여러분께

心謝한다。

檀紀四二七八年十一月二十六日

中央文化協會

李 軒 求 識

# 次 例

序

十 二 哀 ..............................................鄭 寅 普...一

눈물섞인 노래 ...................................洪 命 熹...八

이 몸이 울어 ...................................安 在 鴻...六

漢陽의 가을 ...................................李 克 魯...六

知慧에게바치는노래 .............................金 起 林...二〇

날 개 ...................................金 光 均...二四

束縛과 解放……………………………………………………金珖燮…二六

아　침…………………………………………………………金達鎭…三四

님을 붙읍고……………………………………………………梁柱東…三七

봄　날……………………………………………………………呂尙玄…四一

나 오 라…………………………………………………………李秉岐…四三

榮光뿐이다……………………………………………………李熙昇…四五

시굴사람의노래…………………………………………………李庸岳…四九

素朴한노래……………………………………………………李軒求…五三

八月보름날………………………………………………………李洽…五六

—( 2 )—

집 ……………………………………………………………… 林　和…표

大朝峠의 봄 ……………………………………………… 朴鍾和…쯧

祝 ………………………………………………………………… 吳時泳…걸

聯合軍入城歡迎의 노래 ………………………………… 吳章煥…걸

피 ………………………………………………………………… 尹崑崗…七

同胞여다함께새아츰을맞자 ………………………… 異河潤…八三

그대를도라오시니 ……………………………………… 鄭芝溶…八六

礎　石 …………………………………………………………… 趙碧岩…九一

山上의노래 …………………………………………………… 趙芝薰…九四

경

무 편

뎨 십 이 쟝

골목도 눈에 선타 동막걸이 어느젠고

감추신 님의 恨이 풀이되여 우긋탄말

「사」선이 도라오시니 가슴막혀 합내다

故綏堂閔泳瓚先生을생각하고

〇

글월은 몃재탓다 「속」공부로 절개높하

계오서 이제러면 온「의지」가 되실것을

우 ○○ 님의신색이 눈물될줄 알리오

故白巖朴殷植先生을생각하고

〇

박히고　박힌설음　金剛石도　쓸을닷다

黃浦江　여울적이　어제런대　三十三年

「녀」흥당　오섯스련만　바라아득　하고녀

　　　　　　　　　　故晩觀申圭植先生을생각하고

○

風霜을「맛」이라고　「날」모르고　「이쌍」「이녀」

설명킨　鶴이러니　성이나면　범이러니

이消息　님못드리고　어이살가　합내다

　　　　　　　　　　故白凝俞鎭泰先生을생각하고

색 망정 일을하자 遺言아주 새로워라

온몸이 정성되여 머리센줄 모르서를

십으고 꽂못보시니 아니울고 어이리

○

故南岡李昇薰先生을생각하고

頭陀山 한구뷔에 굼고말러 그냥두처

직히신 그一生이 寂寞할손 光輝로다

아오놈 외오우는줄 구버엿버 하소서

○

故族兄學山先生(寅杓 을死생하고

다-즌듯 하신속에 숨어깁흔 한쪽마음

술이니 「글」글시니 바둑두어 수놉흐니

내게만 비최든얼굴 두굿그려 합내다

故聘齋李範世先生을생각하고

○

風蘭花 매운향내 당신에야 견줄손가

이날에 넘게시면 「별」도아니 더빗날가

佛土가 이외업스니 魂하「도라」오소서

故龍雲堂大師를생각하고

○

보자신  오늘일을  오늘되니  못보서라

쌍속이  깁다한들  님의恨과  엇더하리

내아니  木石이온가  님어혼자  보고녀

故松居李喜鐘先生을생각하고

○

종의도  「예」(倭)썻이면  버리고야  마시던님

江山이  도라오니  님은발서  秋草로다

「고유」할  아들잇손들  이늦김을  어이묘

故愚堂俞昌煥先生을생각하고

○

가기를 엇지간고 萬里쌘가 刀山劒水

玉도곤 귀한선비 게서고만 흙이라니

안「헤저」다시온단들 뉘라긘줄 알리요

故金鑽基君의 逝報를듯고

# 눈물 섞인 노래

碧初　洪命憙

독립만세!

독립만세!

천둥인듯

산천이 다　울련다

지둥인듯

땅덩이가　혼들린다

이것이　꿈인가?

이럿한 큰경사

생외에 처음이라

마음 속속드리

기쁨이 가득한데

눈에서는

눈물이 쏟아진다

어제하랴하니

따옥 려옥 쏟아진다

철대 학대 속에

마슴과 몸이 한께 늘어

조만한 슲은일엔

한방울 않나도록

눈물이 말럿더니

눈물에 보가 있어

오래ㅅ동안 막혓다가

잡작이 뗘젓는가?

우리들 적(敵)의 손에 잡혀갈때

깨끗할 몸 더럽히지 않으

멀리 멀리 가신 님이

이젠 다시 오시려나

어느곳에 가기신지

이날을 아시는지

소식이나 통할길이 있으면

이다지 애달으랴

어제까지 두손목에

매여있든 쇠사슬이

가뭇없이 없어젔다

요술인듯 신긔하다

오래 묶여 야윈 손목

가볍게 높이 치어들고

우리님 하늘 우에 기시거든

쇠사슬 없어진것 굽어보소서

님께 받은 귀한 피

피ㅅ줄 속에 흙음으

이 피를 더럽힐까

남에 없이 조심되고

남에 없이 근심되어

염통 한쪼각이나마

적(敵)에게 빼앗기지 않으랴고

구구히 애를 썻사외다

　

국민의무(國民義務) 다하라고

분부하신 님의 말슴

해와같고 달과같이

내 앞길을 빗여준다

아름답은 님의 읊음

더 거룩하는 못할지라도

너오 찾어가 보인는날

구승이나 둣지 않고저

# 이 몸 이 울 어

安 在 鴻

바라보면서

白頭山 天王峰에서　望天吼의 岩壁의 莊嚴과　天池의 汪洋한 물과　天坪千里　그득찬 大樹海를

一、이몸이 울어울어　우뢰가티 크게울어

　　望天吼 獅子되어　온누리 놀래고저

　　지ー치다 데깬넋이　행혀내처 잠들리

二、이높이 넘처넘처　단번에 와락넘처

엄청난 洪水되어 온江山 결돌셰라

뭐웁고 몹쓸끌이 다씻긴들 애타리

三、 저숲을 족여내어 億千戶 집을짓고

南北의 우리겨레 한마을 맨들고저

없노라 헤매는이들 다살리면 어떠리

# 漢陽의 가을

李克魯

一、한강에 가을물이 깨끗이 흘러간다

　　기러기 줄을지어 남국을 도라오니

　　아마도 살기좋은곳 이땅인가하노라

二、남산에 단풍들어 나뭇잎 아름답다

# 知慧에게바치는 노래

## 金起林

검은 機關車 車머리마다

장미꽃 쏘다지게 피워서

쪽빛 바다바람 함북안겨

비단폭구름장 휘감아보내마

숨쉬는 鋼鐵 꿈을아는 動物아

황량한 近代의 남은터에 쓰러저

병들어이즈러저 半身이피에젖은

〃헬라쓰〃의오래인後裔•이방탕한世紀의 아름소리들으렴

자못 길드리기어려운 즘생이더니

知慧의속삭임에 오늘은 점잔히 귀죽였고나

풀냄새싱々한 山脈을새여

헌물결 선을두룬 뭇大陸의 가장자리를도라

간데마다 暗默과幸福만이사는 아롱진都市

비취빛한울밑 꽃밭속의工場에서는

機械와 皮帶가　樂器처럼　울려오리라

時間과 空間이　아득하게 맞대인곳

거기서는　無限은　벌써　한낱　語彙가아니고

住民들의　한　이시린味覺이리라

얼키고설킨　太陽系의　數式의고물에걸린

날랜楕圓形하나: 새로운별의誕生이다

文明과自然의　아름다운婚姻

知慧의勝利눈부시는　나타나라는

딸머리무접고  눈방울영롱한 種族에게주리라

歷史는  꿈많은시절의 日記처럼

하로하로  淸新한 〃페이지〃만이  불어가리라

검은 樓閣  車머리마다

장미꽃  쏘다지게 피워  보내마

無知와  不幸과  미련만이  君臨하던

재빛 牌斷는  사라젔다고  사람마다  일러줘라

숙서는 鋼鐵。꿈을아는 動物아

# 날개

金 光 均

눈물겨웁다

황폐한 고국  낡은철로와  묺어진다리

서른여섯해  비바람이  스처간자최

애처려웁다

흔곤한  산과들에  시내물소래

나의부모동생과  뭇  겨레가살고잇는곳

이  슬픔우에

이 거쁨우에

혁명이여, 아름답고나

피무든 네날개우에

찰난한 보람 동터오노나

잃어진 내 것을 찾어

거리로가자 항구로가자

혁명이여

나에게 강대한 꿈을주렴아

날어 가야할 하날 저멀니가로 노히니

연약한 날개를모아 노래부르자

우리 두팔을걷고 바위를밀자

가 엽는곳에 큰길을닥자

# 束縛과 解放

金珖燮

壓迫과 蹂躪과 犧牲에 무친 三十六年

피를 흘리며 呻 하며

自由를 차즈며 解放을 願하며

우리들은 얼마나

움직이는 世紀의 波動속에

뛰여들려하였든가

또 한

어데서 하고시픈일을 하고

어데서 읽고시픈글을 읽고

어데서 가고시픈갈을 갈수이섯든가


어데로가나 나라업는사람

어데로가나 일홈업는사람

알지못할 무거운非와罰

朝鮮은 束縛과눈물의땅

피와땀에 추근히 저저서

大地는　빗을　일코

우리들은　廢爐에　누운

헐버슨손님에　지나지못하엿다

아　恨만코

怨만흔　곳에서　살지던

日本帝國主義

한民族을 잡아서 피를 짜며

殘忍한靈魂을 불러 武裝하고

世界의冠을 어드라든

日本帝國主義

오늘 우리들은 그대의머리우에

黃昏의挽歌를 보내느니

잘가거라 日本아

고달픈 옷자락에

눈물을　씨스며

물러가서　凶夢을안고

深淵에　누우라

고요히　잠자거라

자장歌는

우리의　行進으로　하여주리라

×　　　　　×

이제

오래　苦惱하는時代는　가고

歡喜에　넘치는　世代가

熱烈한입술을　열고

부르지즈며　行動하나니

萬物은　感激하야

우리와함께　웃고　노래하고　춤춘다

아　기쁘다

하늘아

더높고　더크고　더푸르러라

우리들은　모도다　榮光에　醉하야

그대　푸른가슴속에　뛰어들어

일하고 배우고 建設하려느니

榮光스러운 献身

하늘을 밧들고 우리들은

자랑스럽게 地上에 우뚝 섯다

이 解放된 感激

이 共通된 歡喜가

오늘 自由의 紀元이 되야

祖國을 向하야 밧치는

한 덩어리 熱이 되고 힘이 된다면

누가 우리의 길을 막으랴

아　朝鮮의 意志와 智慧의 生命

永遠토록　生動하라　跳躍하라　飛翔하라

大宇宙의 創造에　기픈뿌리를　두고

至高한가슴속에　情熱을　가다듬어

無限한未來에　繼續될

二十世紀의 波動만흔 山脈

노픈峰오리우에

永遠한自由와 獨立의塔을　세우라

九月廿九日

朝鮮文化建設中央協議會　文學講演會朗讀詩

# 아 침

金 達 鎭

아 어디서 오는 찬연한 저 빛이뇨

동쪽 하늘 장미 빛에 물 들었다

천길 만길 깊은 바다 밑에

긴 밤을 어둠 속에 꿈부림 치며

큰 열을 가슴 속에, 쌓고 단우었거니

접접마다 추녀 끝에 태극기 나부낀다

거리마다 지축을 울리는 함성ㅡ

오늘 이땅 산천은 크게 웃었다

그 향기 하늘을 피뚫는다거니

진흙 밭 밑에서도 진리는 빛나고

정의는 무덤 속에서도

이제 천상에는 신의 축복의 향연이 열리다

지하의 혼령들도

하마 각기 제 자리로 돌아가리

좁아도 내땅 가난해도 내살림……

괴롭고 병든 목숨

살아온 값이 오늘에 있었다

아 어디서 오는 찬연한 저 빛이뇨

어둠 속에서 피어난 꽃송이다

# 님을 뵈옵고

梁柱東

정녕 뵈왓고나, 님을 다시뵈왓고나,

하도 오래 여흰 님을 언걸 마조 뵈왓고나

아모리 어수선엔들 내님 몰라 보리오

어둠도 긴저이고 비ㅅ바람 재오친제,

먼 불 혹 깜빡인가 저벅소리 행여 긘가.

창넢에 언뭄 기대여 멧밤 샌줄 몰라타。

내 이제사 도라오다, 우렁차신 그목소리,

꿈결엔들 안익으리 소소라처 내다르니,

아니나, 그리운 그님 우뚝 거기 스섯네。

어허내님 이로고나 분명 내님 이로고나

자나 깨나 보고지고 울명 불명 찾던 그님

지화자 넘이로고나 어화 내님 이로고나

외마듸 소리 치자 억막혀 가슴 쥐고,

넙다라 부여잡고 얼빠진듯 춤추다가,

흐느껴 얼싸안긴채 몸부림을 첫소랑○

벙어린양 말못하고 못난인듯 짓밟혀서,

숨막히고 가프라처 몃고비를 지내온고,

이제사 고개 제치니 한숨 취유 나패랴。

타오신 그수리를 몃몃분이 미웁신고,

춘발사 뮦졋던줄 하마 님은 아옵서도,

앉은채 뵈옵는 마당 눈물 글썽 고여랴。

님 뫼신 이뒤에란 푸념 아예 마오리라,

잔 투정 그만두고 옥신 각신 마오리랴,

여흰적 시릇턴 일이 몃풀 아니 저리뇨。

오늘은 님의 방에 손 가득 떠들석을

겪기 아니 분주한가 서두른채 흥겨워를

오랫만 버려진 잔치 날채가는줄 몰라라

밤이 하마 이슥커다, 손님 상긔 계오신가,

고대 초ㅅ불앞에 오붓할줄 알건마는,

그새이 또 기다려저 문을 자조 바라당。

呂　尙　玄

논두렁ㅅ가로　바스락　바스락　땅강아지　기어나고

아침　망웃　뭉게　뭉게　김이　서린다

꼬추잠자리　재자를　선　黃土물　蓮못가엔

藥에　쓴다고　비단개고리　잡는　꼬마둥이　녀석들이　움성거렸다

바구니　낀　계집애들은　푸른　보리밭고랑으로　기어들고

꾀꼬리는 쟁끼 꼬리를 물고 山기슭을 내리는구나

꿀벌떼 노오란 장다리밭에서 잉잉거리고

洞口밖 지름길론 갈모를 달아맨 꾀나리보ㅅ짐이 하나 떠나간다

城隍堂 돌무데기 욱어진 찔레남엔

사철 하얀 조이쪽이 나풀거리더니 꽃이 피였네

느티나무 아래 빨간 自轉車 하나

자는듯 고요한 마을에 무슨 소식이 왔다

# 나 오 라

가람 李秉岐

밝어 오는 이날 새로운 이외와 이들

도는 그 기운 가을도 봄이어라

시드던 나무도 풀이 도로 살어 나누나

일즉 님을 여히고 이리 저리 헤매이다

버리고 더진 목숨 이루 헬수도 없다

웃음을 하기 보다도 눈물 먼여 흐른다

다행이 아니 죽고 이날을 다시 본다

낡은 터를 닦고 새집을 이룩하자

손마다 연장을 들고 어서 바삐 나오라

一, 二二日

# 榮光뿐이다

李熙昇

八月 보름날 저들의 霹靂이

우리에게는 自由의 鍾이였다

太陽을 다시 보게 되도다

오 이게 얼마만이냐

잃어버린 입을 도루 찾아

마음대로 **혀가** 돌아가노나

두 발에 **足鎖**를 부셔버리고

뛰겄니 닫거니 날듯하여라

고랑 벗어버린 두 손에는

기운차게 **긔ㅅ발**이 펴더거린다

萬歲ㅅ소리에 땅이 터질듯

눈에 보이느니 타오르는 **氣槪**

얼마나 그리웠던가

저 蒼空

껴안고 싶은

아름다운 江山

무서운 煉獄 속의

三十六年ㅅ동안

苦難의 試驗을 흔들둥이 치뤘다

왜 이것이 偶然이냐

깊은 까닭과 큰 原因이 있다

그렇다 原因과 까닭이 있으니

앞날은 반드시

榮光뿐이다

# 시굴사랍의 노래

李 庸 岳

귀마춰 접은 방석을 베고

젖가슴 헤친채로 젖가슴 헤친채로

잠든 에미네며 딸년이랑

모두들 실상 이쁜데

오란스래 달리는 마지막차엔

무엇을 실어보내고

당황이 손을 들어야하는 것일까

몇마듸의 서양말과 글짓는재주와

그러한것은 자랑삼기에 욕되였도다

흘러내리는 머리칼도

목덜미에 점점이 찍혀

뇌려 복스럽던 검은 기미도

언젠가 쫓기듯 숨어서

시굴로 돌아온 시굴사람

이녀석  속눈섭  출출이  길다란  우리  아들도

한번은  갔다가

섭섭이  돌아와야할  시굴사람

불타는  술잔에  꽃향기  그윽한데

바람이  이는데

이제  바람이  이는데

어디루  가는  사람들이

서로  담배ㅅ불  빌고  빌리며

나의  가슴을  건너는것일까

# 素朴한 노래

李軒求

누나야

이제 너도 눈물을 거두고

열두폭 남치마를 입어보렴

하얀 보선발이 그립고나야

눈을 드러저 푸른하늘을 보라

땅은 윈통 북처럼 둥둥울린다

아가야

이제 너도 꿈을 깨려마

해와달 그려진 旗를 내걸자

너도 기대렷슬 잔치ㅅ날이니

낡은 표주박에 淸水라도 모실까

제비야 참새야 비둘기야

새앙쥐너도 오늘은 귀한손,

어머님

저나라에도 하마 이소리 들리시리라

이 내 愁悵앞에  무릎을  꾸려

울고  울고  또  울어라도  보리까

눈물은  명주실에라도  꿰여

님의  하얀목에  거려드리으리까

하마  그님은  七絃琴  껴안고

與民樂  한曲을  타기도  하오리다

이룬님  두려우신  얼골에

어인  눈물이  빛나ㅅ이뇨

검은머리  회섯다  마시고

뎡실 춤인들 못추시리까

꿈도 기럿거니

사슬도 무거웟다

그늘에서 그늘로

설어워라 四十年

누나야 아가야

피와살이 뛰논다

내平生 단하나의願이엿거니

너이 노랜들 읊지못하랴

# 八月 보름날

李

洽

八月도  보름날  명랑한  한낮

섬청난  새歷史의  수레는  굴렀나니

그립고  보곱핫어라  찬란한  오늘

고흔  선물  실고  임은  도라오서라

임이 오섭애 헛된걸 아님을 알고

임이 오시기 애 쓰심을 아오나니

겨렫여! 곱게 되실진저 조악돌을 쓸지어다

시쳠이 있아오리 타남이 있아오리 길은 한걸이오니

오롯 모두를 바치오리 애낌이 있아오리

어찌 한字한劃을 소홀하게 하오리까

임이 오시매 헛된걸 아님을 알고

임이 오시기 애 쓰심을 아오나니

一九四五年 八月보름날밤

# 길

── 지금은없는 戰士金에게 ──

林 和

호올로  도라가는

길가에  밤비는  차거워

거름  멈추고  도라보니

會館  불빛  멀리  스러지고

철걱  門은  굿이  잠겨

집이  멀어  쇄로운가

생각하니 말 실행할

義務 묵어워

空腹과 더부러 困함이

둥긇에 사모친다

말 두렵지 않고

말 믿이 않이 할것을

나에게 익혀준 그대는

기인 沈默에 살어

어려운 行動에 죽고

진정 외로운

몇 밤과 날이 달과 해가

不幸과 더부러 흘러간

지리한 밤이 새인뒤

가는 손을 저으며 나는

제각기 지저귀는

소란 가운데

제 각기 내 두르는

각색 旗入발 가운데

분명 들릴 그대 소리를

정녕 타오를 旗ㅅ발을

지치도록 차저

거리거리에  있었다

아아  旗ㅅ발  타는  旗ㅅ발

열 수물 또 더 많이  나붓기고

人民의  旗ㅅ발

붉은  旗ㅅ발은 ……

이렇게 시작하는  노래ㅅ소리는

모두다 그대의 音聲

누구 그대인지

누구가 그대 안인지

오즉 큰 눈과 넓은 어깨

긴 머리칼을 날리는 그대는

아아 자욱한 사람속에

있지 않었다

그대는 亦시 분주 한게다

敵이 또 머리를 드는 때문일게다

다시 戰鬪準備를 시작해야 할것이다

旗도 내리우고

노래도 잦고

演說도 끝난

밤길을 호올로 나서

처음 나는

비에 저슨 落葉을 밟으며

거기서 거러오는 그대를

내겯을 스치는 그대를

가다가 도라보는 그대를

종시 말없이 이애기하는 눈을

내 거러가는 길을

밤사이 企圖하는 敵의

비열한 陰謀가운데

별처럼 빛나는 눈을

아아 그대의 남긴 걸우

먼 하늘에 보며

하롯밤 平安히 쉬일

勇氣를 줌이 그대임을

온 몸으로 느낀다

아아 우리의 安息과 勤勉의

永遠한 별이여!

『解放戰士追悼大會』에서 도라오며

# 大朝鮮의 봄

### 朴鍾和

벙어리된지 幾은여섯해

서울鐘路에 自由鐘이 울었다

아가야 이종소리를 너도 듯느냐?

깨여저라하고 두드리는 저鐘소리

大韓獨立萬歲를 부르짓는 저歡呼聲!

인제는 조선에도 봄이왔구나

너도 나도 다시한번 살어낫구나

아가야, 나도 너도 조상없는 자식이였지?

姓도 일음도 다 갈었구나

三韓甲族이라면서도─

아가야 말까지 뺏겼구나

둥게 둥게 두둥게

너를 안꼬 얼러보지도 못했었구나

五千年歷史를 갖인 民族이라면서도─

나는 밤마다 울었다, 너는 몰랏지?

벼개를 적셔가며 울었드니라

소리없이 울었드니라

숨소리색색、 平和스럽게 잠든 네얼굴을 바라보며

천진란만한 뿔스러운 네얼굴을 듸려다보며

一生이 나가틀 절름바리의 네運命을 생각할때

밤이 지새는줄도 모르고 나는 소리업시 울었드니라

벙어리된지 석은여섰해

三千里江山에 自由鐘이 울렀다

大朝鮮의아들, 우리아가야 이 鍾소리를 너도 듯느냐?

메나리 은은이 떨녀 감도라、 슬지안는 저 鍾소리

대한民族 만세를 부르짓는 저 歡呼聲!

또한번 大朝鮮에 봄이왔구나

활개를 치자 너도、 나도、 다시 살어낫구나

(檀紀四千二百七十八年八月十六日)

瞑　　禱

吳　時　泳

山嶺들에　故鄕이　있어

우리는　胎動을　받고　至高로　애를쓴다。

歷史는　不滅의　生理

能히　陣痛을　안고　거룩한　光芒을따라

우리는　白鳥가되어　날으려니

崇高한　志向으로　合치는　五官의　波動、

山嶺은 아롱지어 湖心에서 **生動한당**

湖水、湖水에

萬象은 풀리어 深遠을 이루고

波動은 中心을 싸고 緊密을 다투나니、

깊고 푸른 醇化속에서

純白은 뜨라!

飛翔은 眞理의나래로 옮아서

能히、白鳥는

蒼空을 그어 綾彩를 더하려니。

누리를 더렵힌 불은 임이 꺼지고,

惡夢은 忘却의 深淵으로 숨어든다。

地軸에서 솟는 新生의 熱情이

灰色 殘滓를 태이어

아름다움만이 成長을 말으려니,

우리는 어여뿐 뜻을 심어

기리 기리 향기를 지니리랑○

이제

森林을 이룬, 感激의花園으로

良識의나비가 잠겨들다

滋養은 果實이 되어

世紀에. 빛나랑.

우리는 至誠으로 胎動을 안고

不滅의生理로 날으려니!

# 聯合軍入城歡迎의 노래

## 吳　章　煥

몰래 쉬던 숨을 크게 쉬니

가슴이, 가슴이, 자꾸만 커진다。

아, 동편바다 왼ー끝의 大陸에서 오는 벗이어!。

이 半球의 서편, 맨ー끝에서 오는 同志여!。

이날

우리의 마음은

祝砲에 떠오르는 비닭이와 같으다。

감격에 막히면

아 言語도 소용 없고나。

울면서 참으로 기쁨에 넘쳐 울면서

우리는 두팔을 벌리지 않는、

돌에핀 일홉없는 꽃에서

적은 새 까지

모두다 춤추고 노래 불러라。

아, 즐거운 마음은 이 가슴에서 저가슴으로

종소리 모양 울려 나갈때

이땅에 처음으로 발을 듸듸는 聯合軍이어!

正義는, 아 正義는 아죽도 우리들의 同志로구나

# 피

尹崑崗

붉은 피는 도라간다 血管을

미친듯 용솟음치며 도라간다

목숨의 한가닭 한가닭을

이어나가는 싸이클이여!

시우치를 누르면

도라가는 벨트처럼

밀어읍게  뛰며  도라가는피

돌과  돌

쇠와  쇠가  맞우치듯

오직  한줄기

불타는  넋이여!

불꽃은  살벼처럼  날른다

血管속에  에네르기ー가  끓어올라

보일러ー는  情熱의  노래를  부른다

피가 뛸때

목숨도 떳고

원수와도 싸워 익인다

피가 멈춰질때

목숨도 멈춰지고

원수는 나를 짓밟는다

피가 아까웁기에

피보다 목숨이 귀하고

목숨이 귀하기에

목숨보다 피가 아까운것이다

피는

항상 새것을 탐하여

거품을 뿜으면서

낡은 페―지를 물드리면 간다

오오!

귀한 피

붉은 피

（韻율 이뜻 하旻天·ㄱ·ㄴ）

······

크바릉늘 보라빙늘

려공
ㄴ을
하

# 同胞여 다함께 새아츰을 맞자

異河潤

同胞여 다함께 새아츰을 맞자

가진歷迫, 가진酷使, 가진苦楚——

極楛속의 우리惡夢은 四十年의 기나긴歲月

그러나 보라, 오늘에 참아온보람잇서

黑雲은 풀녀가고

暴風은 사라지고

惡徒들은 드듸어 斷罪臺에 울으게되엇나니

平和의 使徒는　地軸을울니며　이江山에　進駐하도다

三千萬同胞는　다만　歡喜와　感激에 넘처

가슴속에　서렷던　힘과소리　天下를　뒤흔들도다

同胞여　다함께　새아츰을　맞자

解放의　부르지즘

自由의　鍾소리!

希望은　하눌끝까지　뻐처

槿域三千里　아름다운동산을　限없이　祝福하도다

侮蔑과　忍從에　이를악물고,　마듸마듸엔　怨恨이　사모처

─( 8 3 )─

할아버지도 아버지도 남겨놓는 子孫의 앞날만을 憂慮하더니

光明을 마지한 이 아츰——

歡喜에 뛰는가슴을 感激에 끌는피를

이 거룩한 瞬間에, 조상의 魂靈은 굽어, 굽어보시리라

同胞여 다함께 새아츰을 맞자

이나라의 子孫일진대

우리의 傳統과 榮譽를 爲하야

우리가 繼承한 피의 가지가지 記錄을 土台로

손에 손을 맞잡고 새로운 建設에 몸을 바치자

三千萬의 合唱, 三千萬 三千里의 圓舞

열마나 즐거운 아츰이냐

얼마나 아름다운 아츰이냐

邪惡한 徒輩는 懺悔속에서 地獄으로 흘녀가고

하눌높이 自由와 平和의 울엉찬 鍾소리 들녀오도다

（放送을 爲하야―九月二十一日아츰）

그대들 돌아오시니

(在外革命同志에게)

芝 鄭 溶

백성과 나라가

夷狹에 팔리우고

國祠에 邪神이

傲然히 앉은지

죽엄보다 어두운

嗚呼 三十六年!

그대들 돌아오시니

피 흘리신 보람 燦爛히 돌아오시니!

허울 벗기우고

외오 돌아섰던

山河! 이제 바로 돌아지라.

자취 잃었던 물

옛 자리로 새소리 흘리어라.

어제 하늘이 아니어니

새론 해가 오르라


그대들 돌아오시니

피 흘리신 보람 燦爛히 돌아오시니!


밭이랑 묻희우고

곡식 앗어가고

이바지 하올 가음마자 없어

錦衣는 커니와

戰塵 떨리지 않은

戎衣 그대로 뵈일밖에!

그대들 돌아오시니

피 흘리신 보람 燦爛히 돌아오시니!

사오나온 말굽에

일가 친척 흐터지고

늙으신 어버이, 어린 오누이

낮 서라 흙에 이름 없이 굴으는 白骨!

상기 불현듯 기달리는 마을마다

그대 어이 꽃을 밟으시리

가시덤불, 눈물로 헤치시랑

그대들 돌아오시니

피 흘리신 보람 燦爛히 돌아오시니!

# 礎 石

（學徒隊葬行列앞에 默禱를 들이며）

趙 碧 岩

고드람 같이 얼어 붙엇든 情이

나래처럼 훨석 펴지든날

心血은 겨데의 시내에 다아

넘처 넘처 흐르는 躍動의 氾濫이여

너와나를  이저버리고  엉긴瞬間

함성은  하늘가에  차ㅣ고

忍耐와  屈辱에  창혈된  한은

복수에  사모처  흥시  마냥  붉고

힘은  내다러  사자  같고

목소린  우렁차  범  같되

묵々히  밑에  들어  이바지한

아리따운  靑春의  조악돌하나

그대의 깨끗한 피가 이땅 깊이 **슴여**

正義의 기人발을 붉게 물들일제

建設의 齒車는 地軸처럼 돌고

그룩하게 얼거진 史話의 꾸럼이여

그대가 無名이기에 青春이기에

커다란 서름 限한 명예를 이바지하오라

오! 아리따운 無言의 勇士여!

커다란 建設에 숨은 주추돌이여

# 山上의 노래

趙芝薰

높으디 높은 산마루

낡은 古木에 못박힌듯 기대여

내 홀로 긴밤을

무엇을 간구하며 울어 왔는가

아아 이 아츰

시들은 피ㅅ줄의 구비구비로

사늘한 가슴의 한복판 까지

은은히 울려오는 종소리.

이제 눈 감아도 오히려

꽃다운 하늘이거니

내 영혼의 초ㅅ불로

어둠속에 나래 떨던 샛별아 숨으랑.

환히 트이는 이마우

떠오르는 햇ㅅ살은

시월 상ㅅ달의 꿈과 같고나

매마른 입술에 피가 돌아

오래 잊었던 피리의

가락을 더듬노니

새들 즐거이 구름끝에 노래 부르고

사슴과 토끼는

한포기 향기로운 싸리ㅅ순을 사양하랑

여기 높으디 높은 산마루

맑은 바람속에 옷자락을 날리며

내 홀로 서서

무엇을 기다리며 노래하는강

檀紀四二七八年十二月七日印刷
檀紀四二七八年十二月十二日發行

版權所有

解放紀念詩集

臨時定價十五圓

編輯兼發行者　　漢城市積善洞五一　　中央文化協會

印刷人　　漢城市堅志洞六〇　　李根成

印刷所　　漢城市堅志洞六〇　　平和堂印刷部

# 解放記念詩集

**인쇄:** 2022년 02월 05일

**발행:** 2022년 02월 15일

**지은이:** 편집부  **펴낸이:** 윤영수

**펴낸곳:** 한국학자료원

**등록:** 제12-1999-074호

**주소:** 서울시 서대문구 홍제3동 285-88

**전화:** 02-3159-8050

**팩스:** 02-3159-8051

**ISBN:** 979-11-91175-34-9 [03810]